MARIE-LOUISE

AVEC SON FILS,

AU

TOMBEAU DE SON ÉPOUX

PAR UN EX-ÉTUDIANT EN DROIT.

Octobre 1821.

MARIE-LOUISE

AVEC SON FILS,

AU

TOMBEAU DE SON ÉPOUX.

Je vous revois enfin, ô cendres d'un époux chéri ! Recevez mes caresses ; ce sera près de vous que désormais je viendrai passer les doux et tristes momens de ma malheureuse existence. Depuis sept ans, ô infortuné époux ! j'étais séparée de toi; depuis sept ans, privé de ton épouse et de ton fils, tu vivais dans l'exil, au milieu des rochers, et parmi les bêtes féroces ; depuis sept ans, la tyrannie les retenait loin de toi, contre le droit des gens et contre les lois de la nature ; depuis sept ans enfin, ton épouse élevait sa voix douloureuse contre la violation du lien le plus sacré, et contre la cruauté de tes persécuteurs; mais ils ont été sourds à mes plaintes et à mes prières. Les barbares ! ils craignaient que ma présence ne fît échoir les noirs projets qu'ils nourrissaient contre toi, dans leurs cœurs inhumains; ils redoutaient que je ne conservasse des jours si chers pour moi, et si dangereux à leur ambition. Ils m'ont, sans pitié et avec violence, arrachée d'entre tes bras, et retenue sur une terre qui m'était en horreur depuis que tu ne l'habitais plus. Non contens de tant de perfidie, ils m'ont calomniée, ils ont osé soupçonner ton épouse d'indifférence envers toi; et qui sait s'ils n'ont pas poussé leur atrocité jusqu'à te.......; mais, ô mon cher époux ! tu connaissais trop l'amour, et les sentimens de ta LOUISE pour avoir ajouté foi aux rapports de ces tyrans.

Ames dénaturées, avez-vous été assez insensées de croire que sans mon fils je ne me serais pas échappée de vos mains ? Que MARIE-LOUISE, fille des Césars, ne se serait pas débarrassée d'une vie qu'elle ne pouvait plus supporter sans son mari ? Mais elle était mère, elle a souffert avec résignation votre tyrannie. La nature lui avait ordonné de vivre, elle a obéi, et son fils lui a tenu lieu d'époux; elle adore en lui son image chérie. Malgré vous, elle a été heureuse, malgré vous, son mari a expiré avec la douce consolation que son fils vivait et que son épouse lui était fidèle. Mais actuellement, je vous demande, âmes sans cœur et sans justice, votre rage est-elle calmée ? Votre vengeance est-elle assouvie ? Le poison a-t-il satisfait votre haine implacable ? L'assassinat de mon mari vous fera-t-il cesser de couler le sang ? Ne savourez-vous pas en secret le doux plaisir de la vue d'une autre victime ? Parlez, barbares ! et si verser le sang est une douceur pour vous, si vous avez enfin juré la perte de ma famille, frappez, assassinez la mère et le fils ; exterminez tout d'un coup le sang de NAPOLÉON. Le père a été généreux envers vous, et vous l'avez assassiné. Craignez l'épouse et le fils : Ils ont une vengeance à exercer contre vous ; vous leur avez tracé leurs devoirs, ils les rempliront, soyez-en assurés !

C'est contre toi, ô nation barbare, cruelle et couverte d'assassinats, que l'épouse de NAPOLÉON et son fils assouviront leur vengeance ! Ton orgueilleuse Albion tombera, comme Carthage, sous les coups de la fille des Césars et de son fils. Ton poison peut terminer leur vie et prolonger par là ta destruction entière ; mais ils laisseront des vengeurs. Un jour, les Puissances dessilleront leurs yeux sur ta noire politique, et tu payeras alors tes forfaits.

Potentats de l'Europe, et vous, surtout, mon père, si vous n'êtes point complices, comme j'ose le croire, de l'assassinat de mon époux, vengez-moi, cherchez les coupables, sinon la postérité vous accusera vous-mêmes, en apprenant que vous aviez consenti à son exil ! Songez, ô mon père, à la vive douleur que cette cruelle idée fait éprouver à votre fille ! Réfléchissez à ma terrible position. Je voudrai venger l'époux que vous m'avez choisi, et je crains de trouver un père coupable. Parlez, ô mon père, ouvrez-moi votre cœur ! Vos courtisans sont peut-être les seuls coupables. Otez de mon esprit un soupçon qui déchire mon âme ! eyez pitié de moi, je vous en supplie par les aendres de celui que jadis vous vous faisiez une gloire de nommer votre fils ! Vous avez comblé le fils de bienfaits et d'honneurs, pourriez-vous laisser impuni l'assassinat du père ? Vous vous montrez le protecteur de l'infortune, et ne voudriez-vous pas être celui de votre fille ? Demandez à cette fière et orgueilleuse nation, raison du meurtre de votre gendre ; si elle est sourde à votre voix, mettez sous les ordres de votre fille et de son fils quelques-uns de vos bataillons invincibles, et l'univers entier apprendra bientôt que si les descendans des Césars savent protéger les nations innocentes, ils savent aussi punir celles qui, contre le droit des gens, commettent des assassinats.

Et toi, mon fils, qui partages, malgré ton jeune âge, la vive douleur de ta mère et qui mêles tes larmes aux siennes, écoute : « Tu vas jurer ici, sur les cendres de ton infortuné père, la destruction entière de ce fier Anglais, comme Annibal jura sur les autels celle des Romains; mais que tu ne feras pas comme lui; que ta mollesse ne sauvera pas cette perfide Albion; que tu ne retourneras que lorsque cette nation barbare, fléau de l'Europe, sera réduite en cendres; mais jure aussi, mon fils, que là s'arrêtera ta juste vengeance; que tu respecteras les autres nations; enfin, que tu te contenteras des États de ta mère, et de venir pleurer sur le tombeau de ton père ». A ces conditions, ô mon fils, je vais t'apprendre ce que ton père était, sa grandeur et sa fin tragique.

Ton père, mon fils, a pris naissance à Ajaccio en Corse, île appartenant au royaume de France; il était d'une famille noble, mais pauvre. Dès sa plus tendre enfance, son génie naturel et étonnant fit présager sa grandeur future; il se destina pour les armes, et c'était la seule profession qui lui convenait. Elevé dans un collège de France, il y obtint une sous-lieutenance.

Cette nation était, depuis plusieurs siècles, esclave des nobles et du clergé. La persécution et la tyrannie de ces deux classes augmentaient de jour en jour. Louis XVI, alors Roi, était trop faible pour abaisser sa noblesse et le clergé; trop bon pour punir de sa propre volonté ces ingrats, il eut recours au Tiers-Etat, assemblée composée

de la noblesse, du clergé et du peuple. La dis-
corde et la désunion, comme vous le pensez bien,
mon fils, ne pouvaient manquer de régner parmi
les persécuteurs et les persécutés en présence des
uns et des autres.

Mirabeau, homme d'une éloquence au-dessus
du genre humain, osa faire entendre à ce peuple
esclave, mais fier, les premiers cris de la liberté.
A sa voix les Français se soulevèrent, et en peu
de temps les châteaux et les couvens devenus des
places fortes et des palais furent renversés et abat-
tus de fond en comble. Quelques-uns de ces
tyrans devinrent les victimes de la juste fureur
du peuple ; les autres se sauvèrent dans les pays
étrangers, et abandonnèrent lâchement et hon-
teusement un Roi que leur barbarie avait placé
dans une si pénible position. En voulant porter
des secours à cet infortune Monarque, les puissances étrangères causèrent sa perte. Le peuple
français crut qu'elles venaient pour le faire retomber dans le vil esclavage dont il avait secoué
le joug ; et réduit à la plus affreuse misère par
l'avidité de certains traîtres, il accusa son Roi
et demanda sa tête. Les cannibales qui s'étaient
emparés des rênes du gouvernement entendirent
avec plaisir ces cris poussés par la rage, la misère
et la crainte de l'esclavage ; ils saisirent avec avidité cette occasion, croyant s'assurer, par là,

pour toujours le rang qu'ils avaient usurpé. Le Roi fut jugé par ces gens avides de sang et d'honneur, et condamné à perdre la tête sur l'échafaud.

Ce crime que vous trouvez, mon fils, affreux et exécrable ; était à peine consommé que la guerre civile éclata en France. Chacun des chefs voulait tenir seul le timon de l'État ; la division se mit parmi ces derniers : ils formèrent deux partis.

Votre père, resté jusqu'alors tranquille et simple spectateur des scènes affreuses qui se passaient en France, parut sur l'horizon. Il embrassa la cause du parti le plus sage et le plus modéré. On lui confia le commandement des troupes qui devaient marcher contre le parti adverse ; il le culbuta sans peine. Ce premier succès le fit remarquer. Il fit aussi des prodiges de valeur contre les Anglais qui s'étaient emparés de Toulon, port de mer en Provence. Nommé général, il passa à l'armée d'Italie, battit les Autrichiens, les Russes et autres, et se rendit bientôt le maître de tout ce beau pays. L'armée l'adorait, et le peuple l'appelait déjà son sauveur et son libérateur ; il ne tenait qu'à lui de dire un mot, et il aurait obtenu ce qu'il obtint par la suite. Ceux qui étaient à la tête du gouvernement redoutaient déjà sa puissance ; ils n'osaient destituer votre père ; ils l'envoyèrent en Egypte , croyant par là s'en défaire. Il s'embarqua à Toulon avec une poignée de ses braves, arriva en Egypte, vainquit les Mamelucks, et retourna en France à la nouvelle des troubles qui recommençaient.

Le peuple le reçut comme son sauveur ; et les perfides qui buvaient à longs traits son sang , fuirent à l'approche de votre père et abandonnèrent volontairement leurs places. Il fut alors nommé premier Consul de la République française. C'est sous ce consulat qu'il donna à cette nation les lois sages et fermes qui la gouvernent encore ainsi qu'une grande partie de l'Europe. Son génie lui fit apercevoir que la France était trop vaste pour rester en République ; qu'un tel gouvernement attirerait tôt ou tard parmi elle la guerre civile. Il proposa donc aux Français de remettre les rênes du gouvernement entre les mains d'un seul. Le peuple le choisit , et il fut proclamé et sacré Empereur de la France et quelque temps après Roi d'Italie. Joséphine, veuve Beauharnais, était alors son épouse ; il la fit sacrer Impératrice. Cette femme, d'un génie étonnant et d'un caractère ferme, avait beaucoup contribué à l'élévation de son mari. Vous devez à sa mémoire des pleurs, votre père y sera sensible. Elle avait un fils de son premier époux ; je vous le propose comme un modèle de vertus et de bravoure. Je vous ferai apprécier avec le temps , les hauts exploits et la gloire dont le prince Eugène s'est couvert. Qu'il vous suffise de savoir maintenant qu'il est le seul des généraux de votre père , qu'il puisse dire , comme Bayard , *sans peur et sans reproche.*

Revêtu de ce titre d'Empereur, Napoléon ne tarda pas à avoir de nouveaux ennemis à combattre. La Russie, la Prusse et mon père se liguèrent contre lui. Il les battit à Austerlitz, et conclut avec eux une paix honorable pour la France ; mais ces trois souverains ne respectèrent pas long-temps ce traité. Il les battit de nouveau et leur rendit leurs Etats, et fit encore la paix avec eux. Étant alors tranquille, il s'occupa de l'intérieur de son vaste empire ; il en détacha des petits royaumes qu'il donna à ses frères et beaux-frères.

Joséphine ne lui donnait point d'enfant ; cela le tourmentait beaucoup. Il n'ignorait pas le sort que l'empire d'Alexandre-le-Grand subit après sa mort. Il connaissait aussi l'ambition de plusieurs de ses généraux. En bon souverain il chercha donc le moyen d'assurer le bonheur de ses sujets et de maintenir la réputation que sa bravoure leur avait acquise. Il redoutait que le successeur qu'il choisirait ne fût indigne de gouverner les Français, et que la désunion ne se mît parmi sa famille et ses généraux. Il adorait avec raison Joséphine ; il n'osait la répudier. Cependant les conseils de cette vertueuse femme, les prières de ses courtisans et le bonheur de ses sujets le firent enfin consentir à faire ce sacrifice. Il demanda ma main à mon père qui la lui accorda avec plaisir. Je ne vous cacherai pas ici, mon fils, que mon cœur ressentit quelque fierté, en pensant que j'allais devenir l'épouse du vainqueur de tant de Rois.

En avril 1810, j'arrivai à Paris, capitale de son empire, et je fus unie à ce grand homme. Dix mois après, vous vîntes au monde. Votre naissance mit le comble au bonheur de votre père, et son peuple la célébra par des fêtes dont il serait difficile de vous faire un tableau.

La paix dont nous jouissions depuis quelques années ne tarda pas à être troublée. La perfide Angleterre, jalouse de la prospérité de la France et de sa grandeur, parvint, à force d'argent et de ruses, à soulever contre elle les Russes. Votre père me nomma régente de son vaste empire ; partit à la tête d'une nombreuse armée, s'avança à grands pas à travers des déserts jusqu'alors inaccessibles, battit partout les Russes ; et c'en était fait d'eux, si Alexandre avait été humain ; mais il est rare, mon fils, que les grands connaissent l'humanité. Pour empêcher que les Français ne trouvassent des cantonnemens d'hiver, Alexandre

fit brûler Moscou, ancienne capitale de son empire. L'hiver arriva tout-à-coup, et le froid seul
vainquit cette armée jusqu'alors invincible. Le
peu qui échappa à ce fléau fut poursuivi par les
sauvages du Mont-Caucase. Figurez-vous, mon
fils, une plaine entourée de déserts affreux, couverte d'une multitude innombrable de personnes,
se livrant dans une belle journée aux doux plai-
sirs d'une fête, voyez le ciel se couvrant tout-à-
coup d'un nuage épais, les éclairs le sillonnant
avec rapidité; entendez le tonnerre qui gronde
dans les airs et tombe sur cette multitude; à son
bruit regardez les bêtes sauvages sortant des forêts
et dévorant ceux que la foudre épargne, et vous
aurez, mon fils, une idée de la triste situation
de l'armée de votre père dans les déserts de la
Russie. La renommée apporta bientôt cette triste
nouvelle en France. La mort de votre père me fut
même annoncée; quelques traîtres s'avisèrent de
vouloir changer la face du gouvernement; mais
la Providence me rendit mon époux qui arriva
tout-à-coup, punit les traîtres, fit un appel aux
Français qui y répondirent avec le plus vif en-
thousiasme, et repartit à la tête d'une nouvelle
armée pour aller secourir les infortunés que le
froid avait épargnés. Il arrive et bat les Russes,
qui lui demandent une suspension d'armes : elle
leur fut accordée.

Pendant cet intervalle, la noire politique de l'Anglais fit tourner contre la France les armes de mon père, de la Bavière, de la Prusse ; et, vous le dirai-je enfin, ô mon fils ! Bernadotte et Murat, ses parens, que votre père avait nommés Rois, le premier de Suède et le second de Naples, se soulevèrent contre lui et leur patrie. Au milieu de ces trahisons, il ne perdit point courage ; il se trouve tout-à-coup entouré d'ennemis ; il s'ouvre un passage à travers des armées de tant de Rois, il les bat partout, et se retire sur les frontières de son empire.

Les ennemis se renforcent ; contre le droit des gens ils traversent la Suisse, pays libre et neutre, et attaquent la France sur tous les points.

Votre père tenait tête à tout, mais la trahison se met parmi ses généraux (plus tard, mon fils, vous apprendrez les noms de ces traîtres), et les étrangers entrent en France et s'emparent de la capitale. On somme votre père d'abdiquer, ce dernier ne voulant pas faire une guerre civile, se démet de la couronne en votre faveur ; remercie son armée, et part de Fontainebleau pour l'île d'Elbe, près des côtes de Provence, lieu que ses ennemis lui avaient désigné. Contre les lois de la nature et du lien le plus sacré, on nous empêche de le suivre, et nous sommes conduits ici.

Sans égard à l'abdication de votre père,

Louis XVIII, frère de Louis XVI, est mis sur le trône de ses ancêtres. La noblesse et le clergé, qui avaient lâchement laissé périr leur Roi sur l'échafaud, rentrent en France.

Quoique Louis XVIII eût déclaré la vente de leurs biens, inviolable, ils osent non-seulement en demander la restitution ; mais même ils menacent les Français de reprendre leurs anciens titres et autorité sur eux.

Les prêtres prêchent le rétablissement des couvens, de la dîme et des autres droits féodaux ; ils refusent les sacremens aux acquéreurs des biens dits nationaux, et à ceux qui osent avertir leur Roi du précipice où ces tyrans allaient le replonger : ils osent même s'opposer à ce que les comédiens soient enterrés avec les cérémonies religieuses ; les Protestans sont massacrés ; en un mot, les journées de la Saint-Barthelemi, des Coblières et des Dragonades seraient bientôt revenues, si le peuple français n'avait pas été trop éclairé pour retomber dans l'esclavage. Il est difficile de rendre esclave un peuple qui a goûté les douceurs de la liberté, surtout lorsque cette liberté a été acquise à force de sang.

La guerre civile ne pouvait donc manquer d'éclater en France. Votre père apprend la triste situation de ses anciens sujets, il oublie la trahison de ses généraux, part de l'île d'Elbe avec les mille braves qui l'y avaient suivi, débarque au golfe Juan sur les côtes de Provence, et en vingt jours il arrive triomphant dans la capitale.

Louis XVIII quitte Paris, le duc d'Angoulême, son neveu, est pris les armes à la main ; votre père lui pardonne, et le fait accompagner jusque sur les frontières de France. Son premier devoir fut de nous demander à mon père. Ce dernier, soit par politique, soit par des motifs que je ne connais pas, refuse sa demande, et j'eus encore la douleur d'être privée d'un époux et vous d'un père.

La perfide Angleterre parvint bientôt à faire de nouveau liguer toute l'Europe contre la France.

- A la voix de votre père 600,000 hommes parurent comme un éclair sous le drapeau de la liberté. Il marche à leur tête, contre les ennemis dix fois plus nombreux que lui, et sans la trahison de quelques généraux, la France aurait encore servi de tombeau à ses lâches ennemis.

- Il fut donc trahi, battu, pris et conduit, contre le droit des nations, prisonnier à l'île de Sainte-Hélène, appartenant aux Anglais. Là il a vécu pendant six ans dans une parfaite santé.

- En mars dernier, il ressentit tout-à-coup une grande douleur dans l'estomac, et à la fin de quelques semaines il expire. Il n'y a pas de doute que la perfidie a terminé sa vie par.........; la maladie incroyable qu'on lui a supposée, en est un sûr garant. Ces derniers mots vous font frémir, mon fils; cela m'annonce votre bon cœur, votre amour pour votre père, et la haine pour les crimes. Comme l'auteur de vos jours, vous savez, avant l'âge, que le plus petit crime doit être en horreur à l'homme vertueux.

Voilà, mon fils, l'histoire de votre père. Vous savez maintenant à qui vous devez le jour. Vous avez sans doute remarqué qu'il fut simple officier à Paris, capitaine à Toulon, général en Italie, premier consul à Marengo, empereur à Austerlitz, prisonnier à Sainte-Hélène, et .... y mourut.

Quelle preuve de la vicissitude de la grandeur humaine ! Par la suite vous réfléchirez, et vous jugerez si ses actions lui avaient mérité une si triste fin. C'est à vous à venger sa mort; vous l'avez juré, et j'espère que le fils de NAPOLÉON ne violera pas son serment.

En attendant, venez ici chaque jour arroser ses cendres de nos larmes. Montrons-lui, ainsi qu'à l'univers, que si nous n'avons pu le consoler dans son exil, la barbarie de ses persécuteurs nous en a seule empêché. La postérité apprendra avec plaisir que l'épouse et le fils ont passé leur vie à venger leur mari et père , et à pleurer sur son tombeau.

O cendres chéries d'un infortuné époux , reposez en paix ! La tyrannie n'a plus de pouvoir sur vous ; elle ne peut plus vous priver de nos tendres caresses. Ne craignez rien, votre épouse et votre fils sont vos sentinelles, *et malheur à celui qui aurait la témérité de venir vous troubler !*

GIRAUD-DELACLAPE,
Rue St.-Martin, n° 161.

———

DE L'IMPRIMERIE DE LAURENS.